# ほのぼのメニューの
# おはなしや

かわさきちづる
Chizuru Kawasaki



文芸社

もくじ

# お月《つき》さま、海《うみ》へ行《い》く

「あぁあーっ！」

どこからか、大きなため息《いき》が聞こえます。

「あぁあーっ、つまらないっ！」

しげった木々《きぎ》の枝《えだ》を押《お》しのけて、そっとのぞいて見ると、それは、山のてっぺんに腰《こし》をおろしたお月さまでした。

いったい、どうしたのでしょう？

暗《くら》い夜空《よぞら》には、今にもこぼれ落《お》ちてきそうなほど、たくさんの星たちがまたたいています。

「あぁあーっ！」

宝石《ほうせき》のようにきらめく星たちを見あげて、お月さまはまた、ため息をひとつ。

「だれか、ぼくの友だちになってくれないかしら？」

お月さまのため息の原因《げんいん》は、どうやら友だちがいないことのようです。

空にきらめく星たちは、つんと澄《す》ましていて、とても友だちになってくれそうにはありません。

お兄ちゃんのお日さまも、いそがしいから相手《あいて》はできないよと言って、いっしょに遊《あそ》んではくれないのです。

「あぁあーっ！」

もう一度《いちど》大きなため息をつくと、お月さまは山のてっぺんからぴょんとおりました。

雨雲《あまぐも》が大急ぎで通りすぎていったあと、雨水《あまみず》はいくつものしずくになって、木々の葉《は》から水たまりへとすべり落ちていきます。

ぴちょん、ぴちょんと、音をたててはねかえるしずくに、お月さまはふと、足をとめました。

「おや、何だろう？」

しずくが落ちるたびに、いくつもの輪《わ》がゆらゆらと、水たまりに広がっていきます。

そのゆらめく水面《すいめん》に、何か明《あか》るく光るものが、ちらりと見えたのです。

お月さまは、もっとよく見ようとして、水たまりの上にかがみこみました。

ゆらゆら、きらきら。

小さな水たまりいっぱいにうつったそれは、ゆれながら光っていました。

「きみは、だれなの?」

お月さまは、ゆらゆらゆれながら水にうつる影《かげ》に、そうたずねてみました。

けれど、影は何もこたえてはくれません。

「きみ、ぼくと友だちにならない?」

今度《こんど》は、影がちょっとうなずいたように見えました。

さびしかったお月さまは、はじめてできた友だちに大よろこびです。

さっそく、水たまりにうつる影にむかって、いろいろなことを話しかけるのですが、やっぱり、何もこたえてはくれません。

「どうして、何もこたえてくれないのかなぁ。きみはぼくのこと、きらいなの?」

かなしい気持《きも》ちになったお月さまは、しばらくだまったままで、じっと水たまりを見つめていました。

そこへ、そばのしげみを大きくゆらして、一匹《いっぴき》のうさぎが飛《と》びだしてきたのです。

「おや?」

うさぎは、ちょっとおどろいた顔《かお》をしましたが、すぐにお月さまのそばにやってきて、ふしぎそうにたずねました。

「どうしたんですか、お月さま？　何だかとってもかなしそうですね」

お月さまは、水たまりを指《ゆび》さして、

「せっかく、この子とお友だちになったと思ったのに、何を言っても、ぜんぜんこたえてくれないいんだ」

「この子って！」

ゆらめく水面にうつったそれを見て、うさぎはびっくりしたように、もう一度お月さまの方《ほう》を見ました。

「それはそうですよ」

はあっとため息をついて、うさぎが言いました。

「だって、そこにうつっているのは、お月さまの顔ですもの。と言っても、ぜんぶじゃありませんけれどね」

「ぼくの……顔？　これが？」

お月さまはおどろきました。

それまで一度も、じぶんの顔なんて見たことがなかったからです。

お月さまは、またかなしそうな顔にもどって、水たまりを見ながら言いました。

「そうか。これはぼくの顔なのか。せっかく、友だちができたと思ったのになぁ。

やっぱり、ぼくみたいなのには、友だちなんてむりなんだ。じぶんの顔も知らないいんだもの。おまけに、その顔といったら、水たまりにぜんぶうつらないいんだから。そんなぼくの友だちになんか、だれもなってくれないよね」

「そんなことはありませんよ」

しょんぼりしてしまったお月さまに、なぐさめ顔で、うさぎが言いました。

「ここからずっと西《にし》の方に、海というとっても広い水たまりがあるって聞いたことがあります。そこなら、いくらお月さまの顔が大きくたって、きっと、ぜんぶうつると思いますよ」

うさぎの話を聞いて、お月さまは海というところへ行ってみたくなりました。

そこへ行けば、じぶんの顔をぜんぶ見ることができるのです。

海へ行こう。

そう決心《けっしん》すると、お月さまは、さっそく西へむかって出発《しゅっぱつ》しました。

山をずんずんくだって、野原《のはら》をいくつも横《よこ》ぎり、大きな森や小さな森をぬけて西へ西へ。

いったい、どれくらいの距離《きょり》を歩《ある》きつづけたでしょう。

いくつめかの森をぬけ、野原をながれる川にそってどんどん歩いていくと、やがて、目の前に広々とした青い平原《へいげん》があらわれました。

近づいてみると、その青い平原は、草原《そうげん》ではありませんでした。

それは、どこまでも広がる青い大きな水たまりだったのです。

きっと、これが海なんだ！

お月さまは思いました。

ちゃぷん、ちゃぷん。

砂浜《すなはま》に、小さな波《なみ》がうちよせています。

あとからあとから、何度も何度も、あきることなく砂浜によせてはかえす波をながめているうちに、お月さまはいつの間にか少しずつ、海の中へと入っていました。

あの小さな水たまりとはくらべものにならないくらい、ずっとずっとどこまでも、海ははてしなく広がっています。

お月さまは、ふと足もとの水面に目をやりました。

よせてはかえす波間《なみま》に、ゆらゆらとゆらめく影が大きくうつっています。

「これが、ぼくの顔？」

広々とした水面には、今度こそ、お月さまの顔がぜんぶうつっていました。

にこにこと、とても満足そうに、その顔は笑《わら》っています。

じぶんの顔がわかったから、つぎは友だちをさがそう。

お月さまは決心しました。

でも、その前に、しばらく波と遊ぶことにします。海を見たのも波を見たのも、これがはじめてだったのですから。

よせてはかえす波をおいかけて、いつの間にか、お月さまはどんどん深《ふか》いところへ行っていました。

「あっ！」

とつぜん足をすべらせたお月さまは、ごぼごぼと深みにはまってしまいました。

もがいても、もがいても、なかなか体《からだ》がういてくれません。おまけに、助《たす》けてとさけぶたびに、塩《しお》からい水が口いっぱいに入ってきてしまうのです。

もうだめだ！

力《ちから》つきたお月さまは、海の底《そこ》へぶくぶくとしずんでいきました。

それから、どれくらい時間がたったのでしょうか。

ふと気がつくと、はるか上の方に、星たちのまたたきが見えます。

ぼくはどうしたんだろう？　あれ、何かの上にのっているのかな？

そう思った時、すぐ横で声がしました。

「だいじょうぶですか？」

見ると、黒っぽい顔が、心配《しんぱい》そうにのぞきこんでいます。

「きみが助けてくれたの？」

「ううん、ちがいますよ。見つけたのはぼくだけど、助けたのは父さんなんです」

「父さん？」

「元気《げんき》になったようだね。よかった、よかった」

背中《せなか》の方をふりむきながら、にっこり笑って言ったのは、お月さまにまけないくらい大きな顔の恩人《おんじん》です。

「助けてくださって、ありがとうございました。それで、あなたたちはどなたなんですか？　ここは海ですよね？」

お月さまは、ならんで泳《およ》いでいる小さな恩人の方にたずねてみました。

「そうですよ。ぼくたちは、この海にすむクジラなんです」

「それにしても、お月さまが、こんなところで何をしているのかね？」

父さんクジラが聞きました。

「じぶんの顔が見たかったんです」

はずかしそうに、お月さまがこたえます。

「海だったら、いくらぼくの顔が大きくても、ぜんぶうつるから、顔を見ることができるって聞いたんです」

「なあるほど。それはそうだ。わたしのように大きな体でも、海ならだいじょうぶだからね」

そう言って、大きな顔の父さんクジラは大笑いしました。

つられて、お月さまも笑います。

「ねえ、お月さま」

子どものクジラが、声をかけてきました。

「海ってすっごく広いから、父さんもぼくも、まだ行ったことのないところがたくさんあるんです。それで、ぼくたちふたりで、あちこち旅《たび》をしているんだけど、よかったら、お月さまもいっしょに旅をしませんか?」

お月さまの顔が、とたんに、ぱっと明るくかがやきました。

お月さまにとって、こんなすばらしいことはありません。何といっても、はじめての友だちが見つかったのですから。

父さんクジラは、お月さまを背中にのせて、ぐんぐん泳いでいきました。その横を楽しそうに、子クジラが泳ぎます。

クジラの親子といっしょに旅をしながら、お月さまは泳ぎをおぼえました。泳ぎがじょうずになってくると、父さんクジラの広い背中からおりてひとりで泳いだり、子クジラとならんで泳いだりと、お月さまは楽しくてしかたありません。

親子のクジラと楽しく旅をしながら、お月さまが一番気にいったのは、父さんクジラとふたりでやる『潮吹《しおふ》き遊び』でした。

父さんクジラが深呼吸《しんこきゅう》する時に、潮吹き穴《あな》からふきあがる水といっしょに、空中《くうちゅう》高く吹きあげてもらうのです。

どこまでもどこまでも高くあがって、きらめく星たちのところへ行きつくと、今度はゆっくりゆっくり、お月さまは海にむかっておりてきます。

それはもう楽しくて、つんと澄ました星たちに手をふりながら、お月さまは大よろこびです。

やがて、夜がしらじらと明けはじめるころ、ぽちゃん、と海に落ちたお月さまを、父さんクジラが背中で、すいとひろいあげてくれるのです。

高く高くあがって、ゆっくりゆっくりおりてきながら、お月さまは、とちゅうで出《で》会《あ》った雲や風や鳥たちと友だちになりました。
友だちがひとりふえるたびに、心がほんわかあたたかくなるような気がします。
もうさびしくなんかありません。
すっかりうれしくなったお月さまは、前にもまして明るくかがやく笑顔《えがお》で、
「ね、お願《ねが》い！　また『潮吹き遊び』やって！」
きっと今日《きょう》も、父さんクジラにそんなお願いをしていることでしょう。

# おしょうさんと子《こ》ぎつね

「やけに月が明るいと思ったら、あさっては十五夜《じゅうごや》じゃなぁ」

縁側《えんがわ》に腰《こし》をおろして、おしょうさんは空を見あげました。

暗い夜空には、少しばかり端《はし》のかけた月が、こうこうと輝いています。

「どれ、寝る前にちょっと散歩をしてこようか。たま、おまえも来るかい？」

おしょうさんに声をかけられて、猫のたまはにゃあと返事をすると、すぐにのびをしながらついていきました。

古びた山寺のこわれかけた山門《さんもん》をくぐって外へ出ると、あたりはひとの背丈《せたけ》ほどのすすきにおおわれた、一面《いちめん》のすすきの原です。

おしょうさんとたまは、月明かりに照らされたすすきの原の小道を、ゆっくりと歩いていきました。

静かにふけていく夜の中で、時おり吹《ふ》きぬける風がすすきの穂《ほ》をゆらすほかは、おしょうさんの足音と草むらの虫の声しか聞こえません。

月をながめながらしばらく歩いていると、たまが急に足をとめて、何かをさぐるようにあたりのようすをうかがい始めました。

「どうかしたのかい、たま？」

おしょうさんの声にふりかえったたまは、道案内《みちあんない》をするように、小走りになりながらすすきの原の中へと入っていったのです。

「これ、たま！」

おしょうさんも、何ごとかとあわてて後《あと》を追います。

すすきをかき分けながらしばらく進んで、おしょうさんはやっとたまに追いつきました。

「たま、いったいどうしたと言うんだね？」

息をはずませたおしょうさんの目に、小さな黄色いかたまりがうつりました。

「これは……！」

おしょうさんは、そぉっとひざをつくと、その小さなかたまりに手をのばしました。

「よしよし、もうだいじょうぶじゃ」

おしょうさんの言葉がわかったのか、黄色いかたまりはじっとしています。

「母ぎつねとはぐれたんじゃな。どれ、ちょっとさわらせておくれ。痛《いた》いところはないかい？」

おしょうさんは、やさしく子ぎつねの体にふれました。

「どこも、けがはしていないようじゃ。よかった！　たま、この子はおなかがすいて動けないのかもしれないな。どれ、寺へもどろうか」

おしょうさんは、小さくふるえる子ぎつねをそっとかかえあげると、急いで寺へもどりました。


母親とはぐれ、不安とおそろしさと空腹《くうふく》で動けなくなっていた子ぎつねは、おしょうさんのやさしいまなざしに見守られ、翌日《よくじつ》にはすっかり元気をとりもどしました。たまと追いかけっこをするほど元気になったのですから、もうだいじょうぶです。

「あしたは、いよいよ十五夜じゃ」

その晩もあきることなく月をながめて、おしょうさんが言いました。

「たま、今年はいつもより楽しい月見になりそうじゃな？」

うれしそうなおしょうさんの横には、いつものように、たまがうつらうつらしています。

「せっかくの名月を、わしらふたりだけでながめるのはもったいない。今年は子ぎつねもいっしょだからな」

おしょうさんは、たまのとなりで丸《まる》くなって眠《ねむ》っている子ぎつねに、やさしいまなざしを向けました。

「さて、そろそろ休むとしようか」

おしょうさんがそう言って立ちあがりかけた時、何かの影が境内《けいだい》の暗がりをさっと横ぎりました。

何だろう、と見守っているおしょうさんの方へ走ってくると、影は縁側から二、三歩はなれたところでとまり、だまっておしょうさんを見あげました。

「この子ぎつねのお母さんだね？」

にっこり笑《わら》って、おしょうさんが言いました。

「少しばかりこわい思いをしたようじゃが、けがもしておらんし、だいじょうぶじゃよ。もうはぐれたりせんようにな」

こくりとうなずいた母ぎつねに、いつの間にか目をさました子ぎつねが、転《ころ》がるようにかけよっていきます。

「気をつけて帰るんじゃよ。また、いつでも遊びにおいで」

すすきの原の向こうへ去っていく親子のうしろ姿を、おしょうさんとたまはいつまでも見送っていました。

そして、十五夜の晩。

星々のきらめきさえかすんで見えるほど、こうこうと輝く月だけが、夜空にぽっかりと浮かんでいます。

「たま、今年もやっぱり、ふたりだけの月見になったな」

裏《うら》の畑でとれた芋《いも》と月見だんごをそなえ、すすきや草花をかざりながら、おしょうさんがぽつりと言いました。

心なしか、さびしげなようすです。

「はぁっ」

満月を見あげて、おしょうさんがため息をつきました。

横にすわるたまの姿《すがた》も、どこかさびしそうに見えます。

ふたりが並《なら》んで月を見あげていると、山門の方から何かが小走りにやってきました。

「おや、遊びにきてくれたのかい?」

うれしそうに、おしょうさんが言いました。

たまも大喜びで、子ぎつねをむかえます。

けれど、お客は子ぎつねだけではありませんでした。

子ぎつねの後から、二匹《にひき》の親ぎつねが、なかまのきつねたちやたぬき、うさぎ、りすなど、ほかの森の動物《どうぶつ》たちをつれて姿を見せたのです。

しかも、やってきた動物たちはそれぞれに、木の実やすすきの穂、草花などをくわえてきているのです。

「こんなにたくさんのお客が来てくれるなんて、まるで夢のようじゃな、たま」

おしょうさんの言葉にこたえて、たまがうれしそうににゃあと鳴きました。

# 春風《はるかぜ》の贈《おく》り物《もの》

# 1

　さっきまでの吹雪《ふぶき》はいつの間にかやんで、やわらかな新雪を巻きあげながら、風がごうごうと唸《うな》りをあげて谷間の小道を駆《か》けぬけていくと、白い衣装を重そうに着こんだ木々は悲鳴をあげ、枝を大きく揺《ゆ》らしては、積もった雪をばさっばさっと払い落とします。

　晴れわたった夜空に輝く月が、冴《さ》え冴《ざ》えとした光を投げかける枯木立《かれこだち》の間の道を、黙々《もくもく》として歩む影がひとつ。

　深い雪に足をとられながらも、ひたすら前へと進み続けるその影に向かって、刺《さ》すように冷たい風が、まるでこれから先へは行かせまいとするかのように、容赦《ようしゃ》なく氷の息を吹きかけます。

　山の上から吹きおろしてくる強い風に、一歩も先へ進めなくなり、立ち往生《おうじょう》するたびに、大きく肩で息をしながら、人影は風がおさまるのを待ちます。何度も何度もそれを繰《く》り返しながら、少しずつ少しずつ、山を登っていくのです。

何度目かに立ちどまった時、ずっと前かがみになっていた腰をのばして、人影が空を見あげました。その顔を、月がやさしく照らします。

それは、まだ少年と言ってもいいくらいの、若々しいきりっとした顔立ちの若者でした。

名前は草太《そうた》。今登っている連山の山あいにある、小さな村に住んでいました。

真冬の凍るような風の中、膝《ひざ》まで埋《う》まるほどの雪の山道を歩き続けるのは、昼間でも並たいていのことではないはずです。

まして、それが夜ともなれば、なおのこと。命さえ落としかねない危険の中へ、あえて向かっていくようなものでしょう。

けれど、黙々と歩みを進める草太の顔には、恐怖心《きょうふしん》などひとかけらも見当たりません。あるのはただ、固い決意とかすかな憂《うれ》いの表情だけです。

志乃《しの》は、ちゃんと眠っただろうか？

ふと、出てくる時の妹の一所懸命《いっしょけんめい》な笑顔が浮かんで、歩き続けていた足がとまりました。

くるくるとよく動く瞳を輝かせ、愛くるしい笑顔で草太を見あげる、たったひとりの妹。そして、もうひとり、夢見るような黒目がちの大きな瞳で、いつも白い花のようにやさしく、草太に微笑みかけてくれる、かけがえのない大切な人。

振り返ると、月明かりに照らされた雪道には、草太の足跡だけが、はるか下方の村へと続いていています。

思わず駆けもどりたくなる衝動《しょうどう》をおさえて、草太は再び歩き始めました。


草太の母親は、妹の志乃を産んで間もなく亡くなりました。

男手ひとつで、草太と志乃を育ててくれた父親も、二年前の冬、大雪で押しつぶされそうになった隣《となり》の家から、逃げ遅れたおばあさんを助けだそうとして亡くなっていました。

それ以来ずっと、草太は七つ年下の妹とふたりで暮らしてきたのです。

けれど、村長《むらおさ》をはじめ村人たちはみんな、草太たち兄妹をやさしく見守ってくれました。そのおかげで、ふたりはさびしさや悲しみを乗り越《こ》えて、何とか今まで生活してこられたのです。

草太の心は、村人たちへの感謝の気持ちでいっぱいでした。

ことに、村長の娘、早苗《さなえ》は、志乃を妹のようにかわいがってくれ、草太が出かけて留守《るす》の間も、細《こま》やかな気づかいで志乃のめんどうを見てくれていました。志乃の方も、早苗を姉のように慕《した》っていたのです。

草太にとって、早苗は感謝してもしきれない人であると同時に、小さいころから一緒に遊んだ幼なじみであり、また、淡《あわ》い想いをいだく大切な人でもありました。

その早苗が、ひと月ほど前に突然、病《やまい》の床《とこ》についたのです。

何の病かもわからないまま、食事もほとんど喉《のど》を通らず、日に日にやせ衰《おとろ》えていく姿を見ながら、どうすることもできない自分に、草太は腹《はら》を立てていました。

そんなある日のことです。

隣村《となりむら》の寺から村長のもとへ、おしょうさんの使いだという小坊主《こぼうず》が、一通の手紙を持ってやってきました。

早苗のことを伝え聞いて、驚き悲しんだおしょうさんが、手紙をよこしたのです。

手紙には、知り合いの学者にもいろいろとたずねてみたが、とうとう病の原因も治《ち》療法《りょうほう》も何もわからなかった、申しわけない、とわびる言葉が書かれていました。

そして、手紙の最後に、古い言い伝えを思い出したので書き加えておく、と書かれているのを見て、村長はかすかな希望をいだきました。

言い伝えによれば、季節をつかさどる女神の館《やかた》に『命の泉』と呼ばれる泉があり、その泉の水を飲めば、どんなけがも病《やまい》もたちどころに治《なお》るというのでした。

ですが、肝心《かんじん》のその館がどこにあるのかは、誰《だれ》にもわからないと言うのです。

がっかりしながら読み進むと、館のことを知っているかもしれない人物がひとりだけいる、と書かれているではありませんか。

村長は、小躍《こおど》りする思いで先を読みました。

けれど、それが岩山の洞窟《どうくつ》に何百年も住んでいるという白鬚《しろひげ》の老人のことだとわかった途端《とたん》、村長は肩を落として、手紙をぎゅっとにぎりしめました。

古い言い伝えのことです。そんな人物がほんとうにいるかどうかさえ、確かではありません。

「俺《おれ》が、行きます」

心配して集まった村人たちに、おしょうさんからの手紙を読んで聞かせた村長に向かって、草太はためらうことなく言いました。

「しかしなあ、草太、おまえにもしものことがあったら、志乃は今度こそひとりぼっちになってしまうのだぞ。白鬚の老人がほんとうにいるのかどうかも確かではないし、もしいたとしても、住んでいると言われる岩山は、この連山の中でも一番険《けわ》しい山で、しかも、その洞窟のある場所は、満月の夜でなければわからないのだぞ」

村長は、草太にそう言い聞かせました。

「満月の夜？　だとしたら、五日後が満月だから」

「やめて！」

草太の言葉を、弱々しい声がさえぎりました。見ると、ばあやさんと志乃に両側からささえられるようにして、早苗が立っています。

「やめて、草太さん。お願いだから」

立っているのもやっとというふらつく足で、早苗は草太の方へ歩みよろうとしました。けれど、三歩も進まずに足がもつれて、早苗の体はぐらりと前へ傾《かたむ》きます。

あっと声をあげて志乃がささえるより先に、草太の腕《うで》が早苗の体を抱《だ》きとめました。

「俺の方こそ、頼むから無茶はやめてくれよ、早苗さん！」

「そうよ、早苗おねえちゃん。お兄ちゃんの言う通りだわ。寝床《ねどこ》にもどりましょう。そんな体で起きあがるなんて、ほんとうに無茶なんだから」

「どっちが年上だかわからんなぁ、早苗？」

村長の言葉で、それまで暗く沈《しず》んでいた村人たちの口から、久しぶりに笑い声がもれました。

「そんなぁ、わたし、まだ十歳よ。それなのに、おねえちゃんより年上だなんて！」

ちょっぴり頰《ほお》をふくらませて、志乃が不満そうに言いました。

自分の気持ちを少しでも引きたてようとしてくれる、妹のような少女のやさしい心遣《こころづか》いが、早苗には涙《なみだ》が出そうになるほど嬉《うれ》しいものでした。

志乃の思いは、その場にいるすべての人にも、はっきりとわかっていました。

志乃のためにも、早苗さんには一日も早く元気になってもらいたい。そのために自分ができることは……。

草太の決心は、なおいっそう固いものになったのです。


満月が三日後にせまった日の夕方。

前日から降り続けていた雪が、この日の夕方近くになって吹雪《ふぶ》き始めました。

唸りをあげる風とともに、雪つぶてが家々の戸をはげしく叩《たた》きます。

一歩外に出れば、目と鼻の先の木立さえほとんど見えないほどに、それはひどい吹雪でした。

「だいじょうぶ。吹雪はじきにおさまるよ」

今にも泣きだしそうな早苗に、草太は笑って言いました。

「わたしのせいで、草太さんが危険な目にあったら、志乃ちゃんに何てあやまればいいの？」

「心配しなくても、ちゃんと無事にもどってくるから」

「約束してくれる？」

痛々《いたいた》しいほどにやせ細った手をふとんから出して、早苗が言います。

「指きりげんまん」

わかった、とうなずいて、草太は早苗の細い手をそっととりました。

「指きりげんまん、嘘《うそ》ついたら針千本、だね？」

「だいじょうぶよ、早苗おねえちゃん。お兄ちゃんは、転んでもただでは起きないんだから。きっと、元気に、ただいまって帰ってくるわよ。わたしが言うんだから、まちがいないって」

おどけた調子で、志乃が早苗に言います。けれど、その声は、かすかにふるえていました。

「志乃、おかみさんたちの手伝い、ちゃんとするんだぞ。それから、早苗さんのことも」

「お兄ちゃん、無事に帰ってこなかったら、承知《しょうち》しないからね」

「ああ、わかってるよ」

必要な荷物を背負《せお》うと、草太は吹雪の中、村を後にしたのでした。

村を出てから、吹雪の中をどれくらい歩いたのか。気がつくと、いつの間にか吹雪はやんで、晴れた夜空にはいくつもの星がまたたき、まだ少し端《はし》のかけた月がこうこうと輝いています。

草太は星の位置を確認しながら、山の頂《いただき》をめざしました。

山頂から稜線沿《りょうせんぞ》いに、岩山と言われる連山一険しい山をめざすのです。

枯木立の中をぬけ、熊笹《くまざさ》のしげる山道を歩き続けて、山の尾根《おね》にたどりついたころには、夜が白々と明け始めていました。

あれほど輝いていた月はすでに沈み、星々も明るい空の中に埋もれて、もうかすかな姿さえ見えません。

尾根に立って、草太は岩山があると聞いた方角に目を向けました。

登ってきた連山の一角《いっかく》から、はるか東の端の方に、いかにもそれとわかる山が、鋭《するど》い牙《きば》のような姿を、天に向かって黒々とそびえさせています。

よし、あの山だ！

草太は、岩山をめざして歩き始めました。

# 2

尾根伝いの道は、熊笹のしげみをぬって続いていたり、杉木立《すぎこだち》の沢《さわ》へおりていったりと起伏《きふく》がはげしく、次の尾根に行きつくまでにはかなりの距離《きょり》がありました。

昼となく夜となく歩き続けた草太が、三つ目の尾根をくだり、杉の巨木が立ち並ぶ沢への道を急いでいた時です。

杉木立の向こうで、何かがさっと動いたような気がしたのです。

草太は足をとめると、鬱蒼《うっそう》とした木立の奥の暗がりに目をこらしました。

何も、動く気配はありません。

気のせいか？

草太は、再び沢への道をくだり始めました。

その途端、すぐそばの熊笹のしげみが、ばさばさっと音をたててはげしく揺れたのです。

思わず足をとめた草太の足もとに、小さな雪のかたまりのような白いものが、しげみの奥からぱっと飛びだしてきました。

それは、一瞬《いっしゅん》動きをとめて草太を見ました。けれど、すぐに反対側のしげみに飛びこんで、姿が見えなくなくなりました。

野うさぎの子どもかな?

あまりのすばやさに、草太は少しの間その場に立ちつくしていました。

すると、驚《おどろ》いたことに、今度は黄色っぽいものが、すぐ目の前に飛びだしてきたのです。

それは、きつねでした。

きっと、さっきの子うさぎを追ってきたに違いありません。

きつねは、草太の姿にちょっと驚いたようでしたが、すぐにうさぎの匂《にお》いをかぎつけたと見えて、反対側のしげみの方へ行こうとしました。

一瞬早く、草太が動きます。

向きを変えてしげみに飛びこもうとするきつねのしっぽを、草太はさっとつかみました。

やわらかな雪を舞いあげながら、きつねは積もった雪の中に鼻先をつっこみました。

た。

「ごめんよ」

ほんとうにすまなそうな顔で、草太がきつねに言いました。

「目の前で、あんなに小さなうさぎがつかまるのを、黙って見ていられなかったんだ。俺たち人間だって、うさぎをつかまえて食べたりするのに、ずいぶん勝手だよね。ほんとうにごめん」

草太は、目の前のきつねに向かって頭をさげました。

きつねも、獲物《えもの》をとらなければ生きてはいけません。狩《か》るものと狩られるもの。どちらにとっても、それは命がけのことなのです。

思わず手が出てしまったとは言え、狩りのじゃましてしまったことを、草太はきつねにあやまりたいと思ったのです。

きつねは、口に入った雪をぺっぺっと吐《は》きだすと、自分に向かって頭をさげる草太をしげしげと見つめました。

おそらく、草太の言いたいことをわかってくれたのでしょう。きつねはこくりとうなずくと、もと来た熊笹のしげみの向こうへ去っていきました。

草太はもう一度、きつねが去った方へ頭をさげると、再び歩き始めました。

いつの間にか、日はすでに大きく西へと傾いていました。

村を出て、すでに三日目。

満月は今夜なのです。

早く岩山の中腹までたどりつかなければ、満月に照らされてあらわれるという洞窟の場所が、わからなくなってしまいます。

草太は、焦《あせ》りを感じ始めていました。

沢までおりていくと、川幅《かわはば》は狭《せま》いのに流れが急で、とても渡れそうにありません。

川のこちら側にまでのびた木の枝をつかんで渡ろうか。

焦る草太は、木の枝に手をのばしかけますが、足場が悪いせいでうまく枝に手がとどきません。

たとえ、うまく木の枝をつかむことができても、途中《とちゅう》で枝が折れたりしたら、凍《こお》るような水に落ちて、そのまま流されてしまうに違いないのです。

考えあぐねて、草太は川べりに立ちつくしていました。

どのくらいの間そうしていたでしょうか。

突然、かさかさとしげみをかき分ける音がして、その奥からひょいと顔を出したものがあります。

「おまえ、さっきの……」

それは、さっき草太が助けた、あの小さな子うさぎでした。

子うさぎは草太の顔をじっと見ると、こっちへおいで、と言うように沢沿いの道を登り始めます。

草太がちゃんとついてきているか確認するように、時々振り返りながら、子うさぎは進んでいきました。

いったい、どこへ連れていくつもりなんだろう？

川幅はますます狭く、流れはますます急になっていきます。

「どこまで行くんだい？」

少々心配になって草太がたずねると、子うさぎが振り返って、ちらりと笑ったように見えました。

うさぎが笑った？　そんな馬鹿《ばか》な！

気のせいだ、と草太は自分に言い聞かせました。

しばらく進むと、子うさぎは跳《は》ねるのをやめ、ここだ、と言うように草太を見ました。

さらに狭くなった流れの上に、倒れた杉の大木が橋をかけています。

草太は子うさぎを抱きかかえると、思わず頬ずりしました。

「ありがとう！　わざわざ教えに来てくれたんだね」

子うさぎは草太の腕の中で、まるで言葉がわかるかのように、黒々とした瞳でじっと草太を見あげています。

草太は、子うさぎをそっと雪の上におろしました。

「気をつけて帰るんだよ。また、きつねに追いかけられたりしないようにね」

熊笹のしげみに入っていく子うさぎを見送って、草太は深呼吸をしました。

この倒木《とうぼく》の橋を渡って尾根へ出れば、めざす岩山はもうすぐそこです。


尾根伝いの道をたどり、岩山と呼ばれる険しい山の中腹にさしかかったのは、満月がそろそろ真上に来るころでした。

ごつごつした山肌を手さぐりしながら、上へ上へとよじ登っていくと、月明かりに照らされた岩棚《いわだな》が上の方に見えてきました。

岩棚は、山の南側から西側にかけて、まるで庇《ひさし》のようにのびていました。しかも、ぜんたいに黒々とした岩山の中で、その岩棚だけが、なぜか白く光って見えているのです。

きっとあそこに、洞窟があるんだ！

草太は懸命《けんめい》に、その白く光る岩棚をめざしました。

手をのばして、突き出た岩場にしがみつくと、草太は最後の力を振り絞《しぼ》って、岩棚の上に体を引きあげたのです。

岩棚の上は、人がふたり横に並んだくらいの幅で、岩山の中腹を半ばぐるりと取り巻いているようでした。

見あげれば、月ははるか頭上で、こうこうと輝《かがや》いています。

思えば、枯木立の山道も、沢伝いに登ってきた尾根の道も、ずっと月の光に導かれてやってきたような気がします。

「お月さま、ありがとうございました」

草太は、頭上で輝く月に手を合わせました。

その時です。

背後から、誰かが声をかけてきました。

「お若いの、歳《とし》に似あわぬ殊勝《しゅしょう》な心がけじゃなあ」

いかにも感心したような声に、草太ははっとして振り向きました。

その目に、ひとりの老人の姿が映《うつ》ります。

背中《せなか》でたばねた髪《かみ》も、足もとまでのびた鬚も、まるで雪のように真っ白な、それはとても小柄《こがら》な老人でした。背丈《せたけ》は、草太の胸の高さまでもありません。

「あなたは？」

問いかける草太に、老人はかかかっと笑って言いました。

「何じゃ。おまえさん、わしを訪《たず》ねて来たんじゃないのかい？」

「では、あなたが、白鬚のご老人ですか？」

「そうじゃなぁ。こんな所に住んでおるのは、おそらく、物好《ものず》きなわしくらいのもんじゃろうからなぁ」

ひょうひょうとして、老人がこたえます。

「あなたが白鬚のご老人なら、ぜひお願いがあるんです！」

勢いこんで言う草太を、まあまあと制《せい》して、

「とにかく中へお入り。いつまでもそんな所におったら、おまえさん、風邪《かぜ》をひいてしまうぞ」

またもやかかかっと笑って、老人はすたすたと洞窟の中へ入っていってしまいました。

「待ってください！」

あわてて、草太が後を追います。

ふたりの姿をのみこんで、洞窟の入り口はすぅっと消えていきました。まるで、初めから何もなかったかのように。

後には、夜空を照らす月だけが、冴え冴えとした光を地上に投げかけていました。


洞窟の奥にある老人の住まいには、いくつかの部屋がありました。

老人は草太を居間《いま》へ案内すると、まず体を温《あたた》めなさいと、熱いお茶を出してくれました。

湯気の中にほのかな甘い香《かおり》が漂う、その香草茶《こうそうちゃ》をひと口飲んだだけで、体ぜんたいがほんわか温かくなっていくような気がします。

「ゆっくりお飲み。疲れがとれるから」

そう言うと、老人はもう一杯お茶を入れてくれました。

うなずいて、草太はゆっくりとお茶を飲み干《ほ》しました。体中の疲れがとれて、とてもさわやかな気分です。

「それで、わしに頼みとは何じゃね？」

草太が落ちついたのを見はからって、老人がたずねました。

「わざわざこんな所へ、危険をおかしてまでやって来るには、それなりの理由があるのじゃろうが、わしにも、できることとできぬことがある。とにかく、話を聞かぬことには判断できんのでなぁ。まずは、話を聞かせておくれ」

老人の言葉に勇気づけられて、草太はわけを話し始めました。

大切な人が病で臥《ふ》せっており、それが何の病かわからないまま、日に日にやせ衰えていっていること。隣村の寺のおしょうさんさんから、『命の泉』の水を飲めばどんな病気でも治るという古い言い伝えがある、と手紙で知らされたこと。その手紙にはまた、泉がどこにあるかはわからないが、白鬚の老人ならその場所を知っているかもしれない、とあったこと。そのひとつひとつをできるだけ正確に伝えようと、草太は記憶をたぐりよせながら話し続けました。

「なるほど」

話し終わった草太の顔をまじまじと見つめて、老人がゆっくりと口を開きました。

「それで、もしその水で娘さんの病が治ったら、おまえさんはどうするつもりかね？」

「どうするつもりって、どういう意味でしょうか？」

たずねられた意味がわからずに、草太は老人に問い返しました。

「つまり、おまえさんの努力のおかげで病が治れば、その娘さんも親御《おやご》さんも、おまえさんに感謝するじゃろうよ。もしかすると、娘さんを嫁《よめ》にできるかもしれん。おまえさんにとって、大切でかけがえのないその娘さんをじゃ。ほんとうのところ、それを望んでここに来ているのではないのかな？」

思いがけない問いかけに、草太は驚《おどろ》きました。

確かに、草太にとって、早苗はとても大切な、何にも代えがたい存在でした。あの笑顔が、生涯《しょうがい》自分のかたわらにあってくれるなら、と願ったことが一度もないと言えば嘘になります。

けれど、ここへ来たのは、そんなもしかしたらという可能性のためなどではありませんでした。

「俺はただ、早苗さんに元気になってほしいだけです」

まっすぐな視線を老人に向けて、草太は言いました。

「それに、早苗さんにもしものことがあったら、実の姉のように慕っている志乃が、妹が悲しみます。俺も志乃も、これまでずっと、早苗さんの笑顔で元気づけられてきました。母が亡くなった時も、父が亡くなった時も、いつだってあの人のやさしい笑顔が、俺に勇気をくれたんです。妹の志乃は、父が亡くなった時、悲しみが大きすぎて心の病にかかり、口をきくことができなくなりました。早苗さんが懸命《けんめい》に、いたわり励《はげ》ましてくれたおかげで、志乃は明るさをとりもどして、口をきくことができるようになったんです。だから、今度は俺が、恩返しをしなくてはいけないんです」

「ふぅむ」

草太の真摯《しんし》なまなざしを受けとめて、老人がやわらかに微笑《ほほえ》みました。

「おまえさんの目は澄《す》んで、一点の曇りもない。目は心を映す鏡じゃ。おまえさんの気性がまっすぐで、正直な若者じゃということは、よくわかった。ただ元気になってほしいだけ、か。なるほどな」

ふふっと笑って、老人が言葉を続けます。

「そう言えば、晩の食事はどうした？」

「えっ？　ああ、食べていません。食料が今朝の分までだったもので」

少し恥《は》ずかしそうに、草太がこたえました。

「おやおや」

老人は椅子《いす》から立ちあがると、こちらへおいで、と草太を食堂へ連れていきました。

「明日は朝が早いから、食事がすんだらさっさと寝ることじゃ」

唐突《とうとつ》な言葉の意味を理解しかねて、草太は老人の顔を黙って見つめました。

「季節の女神の館までは無理だが、近くまでは友人に頼んでやろう。ほれ、明日は夜明け前に起きるのじゃぞ」

草太の心の奥に、希望の灯《ひ》がともりました。

# 3

「では、頼んだぞ」

老人の言葉にこくりとうなずくと、大鷲《おおわし》はそのすばらしく大きな翼を広げました。

「女神の館は、剣《つるぎ》が尾根山脈の大樅谷《おおもみだに》を、ずっと奥に入っていったところにある。じゃが、この風王《かざおう》は中腹までしか行けぬ。そこから先は、自分の足で歩かねばならんのじゃ。よいな、くれぐれも気をつけて行くのじゃぞ」

「ありがとうございました。このご恩は一生忘れません」

ばさばさっと一、二度羽ばたいて、大鷲は空高く舞いあがりました。

岩棚の上で手を振る小柄な姿が、またたく間に遠ざかっていきます。

昇る朝日を横目に見ながら、大鷲は南へと力強く飛び続けました。

やがて、太陽が空を横ぎって、西に大きく傾きかけたころ、大鷲は静かに降下を始めました。人の足ならば、おそらく何か月もかかる距離だったはずです。

今、草太の前には、行く手を阻《はば》む白い壁のように、剣が尾根山脈がそびえていました。

連山よりもはるかに高く、鋭い剣を思わせるような山並みです。

この山々のどこかに、命の泉があるんだ。早苗さん、待っていてくれ！　必ず持って帰るから！

草太は心の中で叫んでいました。

中腹あたりの、少し開けた場所に草太をおろすと、風王は再び大空へ舞いあがり、別れを告げるかのように、頭上で二、三度旋回《せんかい》すると、はるか北へ向かって飛びさりました。

風王の姿が小さくなるまで見送った草太は、大樅谷をめざして山をくだり始めました。

深く積もった雪は、時に腰のあたりにまで達し、山をおりるにつれて、風が強さを増していくようでした。

唸《うな》りをあげる風に、木々の枝は悲鳴にも似た音をたてて大きく揺らぎます。

立ちどまって顔をあげると、あれほど晴れていた空をあっと言う間に雲がおおい、ひらひらと雪まで舞い始めたではありませんか。

「困ったな」

つぶやいて、草太は足を速めました。

風に舞う花びらのような雪は、やがて、はげしい雪つぶてとなって草太の体を叩《たた》き、枯木立の林は雪の重みでしなった枝を低くたらして、懸命に前進する草太の足をとめ、行く手を阻もうとします。

横なぐりの吹雪と風が舞いあげる雪で、周囲の景色はほとんど見えません。

草太の足はいつしか、大樅谷とは反対の方角へと向かっていました。


群立する枯木立の森に迷いこんだ草太は、大樅谷の方角も、自分が今どこにいるのかさえも、まったくわからなくなっていました。

こんなところで死ぬわけにはいかない！

自分自身を励ましながら、草太はなおも歩き続けました。

それから、どこをどう歩いたのか。気がつくと、唸りをあげて吹きつける風の合間をぬって、何かの音が聞こえてきます。

初めは空耳かと思いましたが、よく耳を澄まして聞いてみると、何かがぶつかり合う音のようでもあります。

頭上から間断《かんだん》なく降る雪と舞いあがる地上の雪で、少し先の景色さえ見えない状態でしたが、草太は手さぐりしながら音のする方へ近づいていきました。

近づくにつれてはっきりと聞こえてくるそれは、やはり、何かがぶつかり合っている音のようです。

こんなところで、いったい何が……？

音の正体を確かめようと、草太は少しずつ近づいていきました。

吹雪でかすむ木立のむこうに、何やらぼんやりとした影が見えてきます。

影はふたつ。

どうやら、二頭の獣《けもの》が争っているようです。

狼《おおかみ》だろうか？

そんな恐《おそ》ろしい考えが、ちらりと頭の片隅《かたすみ》をよぎりました。

その時です。

今の今まではげしく吹き荒れていた雪がぱたりとやんで、雲間から、不意に月が顔を出したのです。

木立の陰《かげ》からそっとのぞいて、草太は息を飲みました。

月明かりに照らされて、木立の向こうの崖《がけ》の上に、二頭の大きな鹿が立っているのです。

一方は金色の、もう一方は銀色の、それぞれすばらしく立派《りっぱ》な角を持ち、月光の中で白銀の毛並みが美しく輝いていました。

もう少し近づいてなおもよく見ると、金色の角の方が、もう一方の鹿より少しばかり小柄なように見えます。しかも、首のつけ根を取り巻くふさふさとした毛だけが、角と同じ金色なのです。

すぐそばの木立の陰にいる草太に、まったく気づくようすもなく、二頭の鹿は角を振り立て突き合わせては、戦い続けていました。

ぶつかり合う二頭の周囲だけ、はげしい風が渦《うず》を巻き、ごうごうと恐ろしいほどの唸りをあげて吹き荒れています。

神さまのお使いなのだろうか？

草太は息を殺して、二頭の争いを見つめていました。

二頭の鹿は疲れる気配もなく、何度もぶつかり合いながら戦い続けています。

けれど、体の大きさのせいか、金色の角の鹿がしだいに押され気味になり、崖のへりへと徐々に追いつめられていきます。

銀色の角の鹿は、相手の角にからませた自分の角を二、三度大きくひねると、そのまま雪の上に相手を叩きつけようとしました。

相当に荒々しい性格のようです。

けれど、金色の角の鹿も負けてはいません。足を踏《ふ》んばって持ちこたえると、何とか相手の角をはずそうとして首を振ります。

銀色の角の鹿は、もう一度大きく首をひねると、相手が足をふらつかせた一瞬をのがさず、そのままぐいぐいと崖のへりに向かって押していきました。

「あっ、あぶない！」

金色の角の鹿が後ろ足を踏みはずしそうになった途端、草太は我《われ》を忘れて、叫《さけ》びながら飛びだしていました。

吹き荒れる風の中でも、その声は二頭の獣の耳にも届き、四つの目がはっとしたように草太へ向けられます。

銀色の角の大鹿は、邪魔《じゃま》なやつめ、とでも言いたげな顔で草太をぎろりとにらみつけると、不意に前足で地面をどんとたたきました。

どーん、どーん。

どこか深い所から、鈍《にぶ》い音が響いてきます。

初めはかすかに聞こえていた音は、やがて地の底の唸りとなって足もとを揺るがしました。

大地が二度、三度と大きく揺れ、草太はすぐそばの木にしがみつきました。

金色の角の鹿は、銀色の角の大鹿に逃げ道をふさがれて、まだ崖のへりにいました。

地鳴りは、まだやみません。

草太は木にしがみついたまま、ただ二頭の鹿を見つめるばかりでした。

地の底の唸りはさらに不気味さを増し、それが頂点に達したかと思われたその時、どどーんという鈍い響きとともに、金色の角の鹿が立っている崖ぜんたいが、大きく揺れたのです。

揺さぶられた崖は、大量の雪と白銀の体を巻きこみながら、あっと言う間にはるか下方の谷底へ崩《くず》れ落ちていきました。

あまり突然のことに、草太はただぼう然とするばかりです。

銀色の角の大鹿は、草太の方を見てにたりと笑うと、枯木立の向こうへゆっくりと去っていきました。

あの鹿はどうしただろう?

自分が道に迷っていることも忘れて、草太は急な斜面を転がるようにおりていきました。

けれど、やっとの思いでたどりついた崖下にあったのは、うず高く積もった泥と雪の山だけで、金色の角の鹿はどこにも見あたりません。

あの時、何か行動ができていたとしても、結果は変わらなかったに違いないのですが、草太の心は、後悔《こうかい》の思いでいっぱいになっていました。

この山に埋もれて、死んでしまったのだろうか? いや、もしかしたら、けがで動けないのかもしれない。

そう思うと矢も楯《たて》もたまらず、草太は大声で叫んでいました。

「おーい! おーい! 聞こえたら返事をしてくれ!」

静まりかえった夜の森。聞こえるのは自分の息遣《いきづか》いだけで、返ってくるものは何もありません。

「おーい! おーい!」

呼んでは、返ってこない返事を待ちます。

何度も何度も繰り返して、もうだめかとあきらめかけた時、草太の耳に、かすかな泣き声のようなものが聞こえてきました。

あの鹿かもしれない！

見あげるような泥《どろ》と雪の山を、急いでぐるりと回ると、反対側に小さな女の子の姿らしいものが見えます。

草太の目には、月明かりに浮かぶその姿が、半ば透《す》けているように見えました。

「どうしたの？」

草太はやさしくたずねました。

「お母ちゃまが、このお山の中に埋まっちゃったの。でも、あたしには、どうすることもできないの」

とうてい人とは思えない少女の黒々とした瞳が、涙をいっぱいにためて草太を見あげました。

その瞳を、草太はどこかで見たような気がしましたが、とにかく、今はそれどころではありません。

「だいじょうぶだよ。おにいちゃんが何とかしてみるからね」

少女の横に膝《ひざ》をつくと、草太は懸命に崩れた土と雪の山を掘り始めました。

道具がないので、二本の手だけが頼りです。

草太の両手は、どちらも氷のように冷たく、指先はすでに、感覚さえなくなりかけていました。

黙々と掘り続ける草太のそばで、少女はただひっそりと、祈るかのようにひざまずいていました。

どのくらいの時間掘っていたのか。

突然、草太のしびれた指先に、何かが触《さわ》ったような気がしたのです。

麻痺《まひ》した指先に神経を集中させ、草太は最後の力を振り絞って、雪をかき分けました。

「あっ、お母ちゃまだ！」

泥まみれの雪の中から、ほんの少しのぞいた金色のものを見て、少女が喜びの声をあげます。

驚いて目をみはる草太の前で、うず高く積もった泥と雪の山が左右に崩れ、一頭の獣がゆっくりと立ちあがりました。

月明かりの下で輝く金色の角。なめらかな毛並みは白銀。そして、首のつけ根の金色の房毛《ふさげ》。間違いなく、崖の上から転落したあの鹿です。

「無事でよかったぁ！」

ほっとした途端、体中から力という力がすべてぬけていくのがわかりました。

がくがくする足が体をささえきれずに、冷たい雪の上に倒れこんでしまった草太は、そのまま意識を失ってしまったのです。

# 4

すぐそばで、にぎやかな小鳥のさえずりが聞こえていました。

春が近いとは言え、山あいの村はまだまだ冬まっさかりです。木枯らしが吹き荒れ、雪つぶてが舞い、畑も一面の雪景色のはずです。

それなのに、小鳥たちが楽しそうに歌っているのです。

いったい、どうしたと言うんだろう？　風がとても暖かい。まるで、春みたいだ。

やさしい風に頬をなでられて、草太はゆっくりと目をあけました。

「おにいちゃん、気がついた？」

黒々とした瞳のあの少女が、草太の目の前で笑っています。

月明かりの中で見た時と違って、今はしっかりと実体があるようです。

「ここは？」

起きあがると、そこはやわらかな緑の草の上。何が何だかわからず、草太はあたりを見まわしました。

鮮《あざ》やかな木々の緑が日の光を受けて、まばゆいほどにきらきらと輝いています。枝を揺らして吹きぬける風にも、冬の厳《きび》しさは少しも感じられません。

それどころか、あたり一面に、芳《かぐわ》しい花の香さえ漂っているのです。

どうやら、庭園のようだけれど……。

「ここはいったい、どこなんだい？」

あちらこちらに目をやりながら立ちあがると、草太は少女にたずねました。

「春風苑《しゅんぷうえん》よ」

「春風苑？」

「そう、春風苑。さあ、早く！」

わけがわからないまま、少女に手をひかれて、草太は庭園の奥へと入っていきました。

芳香《ほうこう》漂う純白の花が、濃い緑の葉の上でひときわ鮮やかに見える、梔子《くちなし》の通路をぬけると、そこは花々の咲き乱れる奥庭。

薄紅色の大輪の芍薬《しゃくやく》。あでやかな舞姫にも似た真紅《しんく》の牡丹《ぼたん》。菖蒲《あやめ》や杜若《かきつばた》がすらりとした姿で立ち並び、百合《ゆり》が恥じらうようにうつむいています。

頭上には梅の花が香り、その向こうには満開の桃が咲き誇っていました。

「ほら、あそこよ」

前を歩いていた少女が、立ちどまって指さします。

庭園の一番奥まったそこには、ひときわ大きな紅梅の古木が、四方にのばした枝いっぱいに満開の花をつけていました。

芳香が大気に溶けこみ、息をする度に梅の香が胸の中に広がるような気さえします。

その古木の根方《ねかた》には、こんこんと水の湧《わ》きでる泉がありました。

「おにいちゃんがさがしてる、命の泉よ」

「これが……！」

目をまるくして驚く草太のかたわらで、少女がはじけるように笑います。

信じられない思いで、草太は泉に歩みよりました。

「これが、命の泉なのか……」

泉のほとりにひざまずいて、草太は澄んだ泉の底をのぞきこみました。

揺らめく水面のすぐ下はひっそりと静まりかえり、澄んだ水だというのに、どこまでも深くて底が見えません。

草太は腰につるしていた革袋《かわぶくろ》をはずし、そっと泉の中へ入れました。清らかな水が、見る間に革袋を満たしていきます。

革袋を再び腰につるして、草太は立ちあがりました。

見ると、さっきまでいたはずの少女の姿がありません。

草太は困ってしまいました。

案内してくれた少女がいなければ、この広い庭園を出ることなど、とてもできそうになかったからです。

どうしよう？

立ちつくす草太の耳に、その時、ひとつの声が聞こえました。

銀の鈴を振るような、とても美しい声です。

草太は、声のした方へ視線を向けました。

すぐそばの木蓮《もくれん》の木の下に、いつの間にか、信じられないほど美しい女の人がいて、草太をじっと見つめています。

「どなたですか？」

思わず、草太はたずねていました。

「娘ともども助けていただいて、ほんとうにありがとうございました」

つややかな黒髪をふしぎな形に結いあげたその人が、銀の鈴を振るような澄んだ声で言いました。

どういうことだろう、と首をかしげる草太の方へ、その人はそよ風のような軽やかさで近づいてきます。

風にひらめく緑の衣装は、見たこともない不思議《ふしぎ》な布でできているようでした。上の方が薄緑色で、下へいくほど濃い緑色の衣装をまとった肩には、透けるように薄い淡紅色《たんこうしょく》の領巾《ひれ》がかけられていました。

「娘さんとももどもというのは、どういう意味ですか?」

たずねる草太にこたえたのは、別の声でした。

「あたしのことよ」

不意に足もとから声がして、草太はあわてて飛びのきました。

見ると、いつかの子うさぎが、そこにちょこんと座って、草太を見あげているではありませんか。

「おまえ、あの時の? ええっ!」

次から次へと驚くことばかりです。

子うさぎは草太の顔を見てふふっと笑うと、ぴょんとひと跳ねしました。

　空中に飛びあがった子うさぎの体が、大気の中にすぅっと溶けこんだかと思うと、きらきらときらめきながら地上に舞いおりて、今度はあの少女の姿で、そこに立っていました。

「おどろいた！」

　目を丸くして立ちつくす草太に、

「私は、この女神の館で春の精をたばねる沙璃菜《さりな》と申します。ここにいるのは、娘の瑠璃葉《るりは》です。あの折は、ほんとうにありがとうございました。この子が遠くまでは行かないと申しますので、つい許してしまったのですが、まさか、あんな遠方まで行っていようとは。おかげさまで、この子はけがもせず、無事にもどってくることができましたし、私もあなたのおかげで、自力でぬけ出すよりもずっと早く、あそこから脱出することができたのですから、感謝の言葉しかありません」

「いえ、俺の方こそありがとうございました。おかげで、大切な人の病が治せます」

　親子に向かって深々と頭をさげ、草太は感謝の気持ちを伝えました。

「おにいちゃん、よかったね！」

　瑠璃葉が草太の手をとって、うれしそうに笑います。

　瑠璃葉の笑顔を見ながら、草太は不思議に思ったあることを口にしてみました。

「瑠璃葉は、今ちゃんと姿が見えていますよね。でも、あの時は、幽霊《ゆうれい》みたいに透けていたんです。それがとても不思議で」

草太の言葉に、瑠璃葉がふふふっと笑い、沙璃菜がやさしく微笑みました。

「私たち春の精は、館の東側にあるこの春風苑で、一年の大半を過ごします。季節が春になると、女神さまのお言いつけで東の門を開き、私たちは春風となって、外の世界へ季節を知らせにいくのです。私たちの住まいであるこの庭園では、実体を持った姿でいられますが、外の世界では、獣か鳥の姿でしか実体を持つことができないので」

「それで、あの時は子うさぎの姿をしていたんだね。そして、あなたは金色の角の鹿。そうすると、あの銀色の角の大鹿は、いったい誰なんですか?」

「あれは、冬将軍《ふゆしょうぐん》よ!」

瑠璃葉が、つんとした顔で言いました。

「冬将軍?」

「そうなの。あいつったら、あたしたち春の精を目の敵《かたき》にして、いっつも、お母ちゃまやほかのみんなをいじめるのよ」

「瑠璃葉、そんなことを言ってはいけません。乱暴《らんぼう》だとは言っても、みんなかすり傷程度で、ひどいけがをした者は誰もいないのですから」

「だって……」

不服そうに口をとがらせる瑠璃葉を見て、志乃に似ている、と草太は思いました。

そうだ！　こうしてはいられない。早く帰らなくては。

そう思った時、草太は大変なことに気づいたのです。

ここへ来る時は、大鷲の風王が、山の中腹まで運んでくれました。

けれど、帰りはどうすればいいのでしょう。

白鬚の老人は、そのことについて、何も教えてくれてはいなかったのです。

どうしよう？

今さらのように気がついて、草太は途方《とほう》に暮《く》れました。

そんな草太の不安な心を読みとったかのように、瑠璃葉が笑顔で言いました。

「だいじょうぶよ、おにいちゃん。そうよね、お母ちゃま？」

「ええ、だいじょうぶ」

うなずくと、沙璃菜は両手を前にさしだしました。すると、両手の上に淡い光があらわれ、徐々に何かの形を取りはじめたのです。

それは、二、三度まばたきするほどの、ほんの短い間のできごとでした。

沙璃菜の両手の上から淡い光が消えた時、そこには一本の杖が姿をあらわしていました。

ねじれた木の枝そのものの形をした、人の背丈ほどの長さの杖を右手に持つと、沙璃菜は足もとの地面をとんとんと叩きました。

足もとの地面が小さく揺れて、ごぉーっという音が聞こえてきます。

驚いて足もとを見つめる草太の目の前に、突然、地面から何かが湧きだすように出てくると、草太をのせてするすると空へ向かってのびていきました。

「虹だ！」

足もとからのびた七色の虹の橋は、またたく間に草太の体を空の上へと運びます。

「その橋は、連山の尾根まであなたを運んでくれます。そこから先は、自分の足で帰らなければなりません」

沙璃菜の声が響きます。

「おにいちゃん、気をつけてね！　冬将軍がおにいちゃんをねらって、待ち伏せしてるかもしれないから！」

瑠璃葉が手を振って、叫んでいます。

「ありがとう！　ご恩は一生忘れません」

草太は、いつまでも手を振り続けました。

連山の尾根まで草太を運んだ虹は、徐々に薄れていき、やがて消えてしまいました。

まるで、夢でも見ているような、信じられない思いで立ちつくす草太の手には、命の泉の水が入った革袋が、しっかりとにぎられています。

夢見心地の草太を、現実の世界へと引きもどしたのは、氷の息を吹きかける冷たい風でした。

急がなければ！

待っている人たちの顔を思い浮かべて、草太は飛ぶように帰りの道を急ぎました。

けれど、深い雪に足をとられて、はやる心ほどには先へ進めません。もどかしさを抑《おさ》えて黙々と、草太は先を急ぎました。

最後の尾根を越え、あとはいっきに村へおりるばかりになってほっとする草太の前に、突然姿をあらわしたのは、あの銀色の角の大鹿でした。

「冬将軍！」

「ほう、あのいまいましい春風から聞いたようだな」

草太の叫びに、大鹿が口をゆがめます。

草太はとっさに、手近な木へと駆けだしていました。その後ろから、角を振りたてた大鹿が追います。

間一髪、鋭い角を逃れた草太は、上へ上へとよじ登りました。

大鹿は草太を揺さぶり落とそうとして、太い木の幹に何度も何度も、はげしい頭突きや体当たりを繰《く》り返します。

大きく揺れる木の上で、草太は振り落とされまいと、必死になって枝にしがみついていました。

怒りがおさまらないのか、何度も体当たりを繰り返していた大鹿の動きが、なぜか不意にとまります。

恐るおそる下を見ると、大鹿はにらむように空を見あげているのです。草太も枝の上から空を見あげました。

冬将軍の出現とともに、鉛色《なまりいろ》の雲におおわれていた空は、いつの間にかすっかり晴れわたり、うっすらとした春の雲がそこかしこに漂っています。

春が来たんだ！

冬将軍はいまいましげに舌打《したう》ちすると、最後にもう一度はげしく体当たりをして、雪が溶けさるように消えていきました。

木からおりて再び歩き始めた草太は、数歩歩いてから大変なことに気がつきます。腰につるしていたはずの大切な革袋が、どこにもないのです。

木の周囲をさがし回ってふと見ると、途中の枝に、その革袋のひもが、引っかかっているではありませんか。

あわててもう一度木に登ると、草太は必死の思いで、革袋が引っかかっている細い枝に手をのばしました。

ゆらゆら揺れる細い枝の先にあって、草太の指先に触れるかどうかのあたりを、革袋は行ったり来たりしています。

何度も何度も挑戦《ちょうせん》して、やっと革袋の口ひもをつかんだ草太は、ひもがほどけないように注意しながら、自分の方へゆっくりと引っぱりました。

革袋は、もう目の前です。

ひもをつかんでいるのとは反対の手で、草太は革袋を引き寄せようとしました。

まさにその時です。

袋の口ひもにひっかかったまま、引っぱられて大きくしなっていた小枝が、とうとう堪《た》えきれずに、ひゅんと音をたててもとにもどってしまったのです。

あっと思う間もなく袋の口が開き、中の水は積もった雪の上にこぼれてしまいました。

革袋の中に残った水は、ほんのひとしずくだけ。

ここまで来て、何ということをしてしまったのだろう。

悔《く》やんでも悔やみきれない思いで、草太は立ちつくしました。

もう一度春風苑を訪れることなど、到底《とうてい》できない相談なのです。

たった一度のことだからこそ、あの白鬚の老人も、春の精である沙璃菜も、草太の願いに力を貸してくれたのです。

ほうっと小さくため息をついて、草太は決心しました。

嘆《なげ》いてもしかたがない。早苗さんやみんなに、正直に話してあやまろう。それに、この一滴《いってき》でも、少しは役にたつかもしれない。

春の空に向かって、ありがとうと手を振ると、草太は村への道を急いだのです。

「よかった！　草太さんが無事に帰ってきてくれて」

革袋に残ったひとしずくの水で、唇《くちびる》を湿《しめ》らせてもらった早苗が、心から嬉《うれ》しそうに言いました。

「残念だが、これも運命なのだろう」

少し肩を落としながらも、早苗の父親である村長はそう言いました。

「草太がもどってから、早苗の顔色も少しはよくなってきた。このまま快方《かいほう》に向かってくれればよいのだが」

「申しわけありません。すぐそこまで持ち帰ってきたのに、俺の不注意が原因でこんなことに……」

「そう自分を責めるものではないよ。早苗にとっては、命の水よりおまえの無事な姿の方が、何倍もうれしいことなのだから」

そんな村長の言葉も、草太には何の慰《なぐさ》めにもなりませんでした。

草太がもどってから、山あいの村もだんだんと春めいてきていました。

時おり吹く暖かな風の中にも、梅の香がほんのりと漂い始めています。

春の気配が近づいてくるのを感じながらも、草太の心には、暗い影がはりついているようでした。

「お兄ちゃん、早苗おねえちゃんがさびしがってるよ」

志乃に言われても、草太は早苗のもとへ行こうとはしません。

命の泉の水をなくしてしまったという後悔《こうかい》の念が、草太の心に重くのしかかっていたのです。

仕事が終わると食事もそこそこに、部屋にこもってしまう草太を、志乃は小さな胸を痛《いた》めながら、黙って見ていました。

そんなある日——

「おにいちゃん！　おにいちゃん！」

部屋の外から、小さな声が呼んでいます。

誰だろう、と草太は障子《しょうじ》をあけました。

すぐそばの、まだ芽吹き始めたばかりの木の枝に、真っ白な山鳩《やまばと》が一羽。紅色《べにいろ》の花をいっぱいにつけた小枝をくわえています。

山鳩は草太を見ると飛んできて、足もとにそっと紅色の小枝を置きました。

「それは、根方に命の泉のある、あの梅の古木の花枝よ。その花の中にある露《つゆ》を集めて、おにいちゃんの大切な人に飲ませてあげて。その露には、命の泉の水と同じききめがあるんだって」

「瑠璃葉！」

草太は、山鳩をそっと抱えあげました。

「ありがとう。だけど、花の露くらいでは、飲むほどの量は集められないよ」

やさしく、少し悲しげに微笑みながら、草太が言いました。けれど、山鳩の姿をした瑠璃葉は、首を横に振って言葉を続けます。

「おにいちゃん、あの女神さまの庭には、神聖《しんせい》な力《ちから》が満ちあふれているの。その庭で何千年もの間生きてきたあの古木にも、神聖な力が宿《やど》っているのよ。この花枝にもね」

「神聖な力？」

「そうよ。その力は想い願う力でもあるんだって、お母ちゃまが言ってたわ。願う力が強ければ、花枝に宿る力も強くなるって。おにいちゃんならきっと、この梅の花枝から露をたくさん集められるわ。冬将軍にだめにされた命の水の代わりに、あたしたちからおにいちゃんへの贈り物よ」

それだけ言うと、山鳩はぱたぱたと羽ばたいて、春めいた青空の中を、南へ向かって飛んでいきました。

「ありがとう、瑠璃葉」

草太はいつまでも、空のかなたへ消えていく山鳩の姿を見送っていました。

瑠璃葉の言った通り、梅の花の露で、早苗は日に日に元気になっていきました。

早苗の床上《とこあ》げが決まった日。

色あせることのない紅色の花をつけた、あの梅の小枝を手に、草太は村長の家の庭に立っていました。そのかたわらを、不意に、きらめくような春風が吹きぬけていきます。

気がつくと、持っていた梅の小枝は、大気に溶けたかのように消えていました。

よかったね。草太の耳には、そんな瑠璃葉の声が聞こえたようでした。

# アロンと月《つき》の精《せい》

風が薄桃色《うすももいろ》の花枝《はなえだ》を揺《ゆ》らして、すぐそばを吹きぬけていきました。

満開《まんかい》の桜公園。

花の重みでたれさがった枝が、並木道《なみきみち》の両側から、まるでアーチのように頭上をおおっています。

見あげる夜空には、こうこうと輝く満月が、まわりの星々をかすませるほどに明るい光を放《はな》って、ぽっかりと浮かんでいました。

花枝を揺らす風を心地よく感じながら、アロンはひとりですわっていました。

昼間は花見客《はなみきゃく》であんなに賑《にぎ》わっていた公園が、今はまるで別の場所のように静かで、人っ子ひとりいないのです。

それにしても、こんなに夜遅く、アロンはひとりで何をしているのでしょう。

白に茶色のもようが入った長毛で、茶色の長い耳とぱっちりとした大きな目のアロンは、キャバリエという種類の犬です。

公園の近くにある、田代《たしろ》さんのお宅がアロンの家。

いつもなら、仲良《なかよ》しの咲子《さきこ》ちゃんといっしょに眠っている時間なのですが、今日は特別なのです。

というのも、夕方、スズメのチリルが伝言を持ってやってきたからです。

『今晩《こんばん》、真夜中に、桜公園に集まってください。お花見会をもよおします』

「お花見会って？」

「桜の花をながめながら、みんなで宴会《えんかい》をするのよ。わたしはポテトじいさんに頼まれたの。みんなに知らせてほしいって」

「ポテトじいさんが言いだしたの？　だいじょうぶかなぁ？　時々、言ったことを忘《わす》れてたりするけど」

ポテトじいさんは、公園の向こう側に住んでいる、竹田《たけだ》さんの家のミニチュアピンシェルです。

全身明るい茶色の毛並《けな》みなのと、小鹿のようにすらりとしている、というのが自慢《じまん》なのですが、最近は年を取ってきたせいか、顔だけ白っぽくなってしまっています。

それが唯一《ゆいいつ》の悩《なや》みなんだ、というのが口ぐせです。

アロンとポテトじいさんとは、散歩の途中《とちゅう》でちょくちょく出会う、いわゆる『散歩友だち』でした。

年齢《ねんれい》はずいぶん離《はな》れていますが、けっこう気の合う仲間《なかま》なのです。

ポテトじいさんのほかには、誰《だれ》がくるのかなぁ。ポテトじいさん、ちゃんと覚えてるかしら？

ちょっぴり心配しつつも、わくわくしながら、アロンはこっそり家をぬけだして、この公園へ来ていたのです。

公園に着いてから、もうかなり時間がたっているような気がします。

アロンは、少しあたりを歩いてみることにしました。

ぐるりとまわってみても、まだ誰も来ていないようです。

日にちを間違《まちが》えたのかなぁ？　今晩、真夜中に桜公園に集まるって、聞いたと思ったんだけど。

もう一度、アロンはあたりを見まわしてみました。

しーんとした静けさの中、花枝のアーチを風が吹きぬける度《たび》に、月光を浴《あ》びた花びらがひらひらと舞《ま》い落ちています。

アロンには、それがまるで白い蝶々《ちょうちょう》のように見えました。

しばらくの間、アロンは、月光に照らされた景色《けしき》をながめながら、誰か来ないかと待っていたのですが、いつまでたっても誰も来そうにはありません。

やっぱり、日にちを間違えたんだ。

がっかりして、とぼとぼ帰ろうとしたアロンに、誰かが後《うし》ろから声をかけました。

「ちょっと待って！」

振《ふ》り返ると、明るい月の光に照らされて、見たことのない人が立っています。

月の光を織《お》りこんだような、青味《あおみ》がかった銀色の衣装《いしょう》を身にまとい、不思議《ふしぎ》な形に高く結《ゆ》いあげた髪《かみ》に銀のかざりをつけたその人は、微笑《ほほえ》みながら、銀の鈴《すず》を振るように、澄んだ美しい声で言いました。

「いっしょにお花見をしていたのに、もう帰ってしまうのですか？」

「えっ？」

びっくりして、アロンは目を丸《まる》くしました。

「ほら、まわりを見てごらんなさい」

澄んだ声が、また響《ひび》きます。

アロンは、あわてて見まわしました。

公園で一番大きな桜の木を囲《かこ》むように、幻《まぼろし》のような淡《あわ》い人影《ひとかげ》たちが、手をつないで踊《おど》っているようなのです。

さっきまで、誰もいなかったはずなのに！

驚《おどろ》いて声も出ないアロンの目の前で、人影たちは笑《わら》いさざめいて、桜の木をまわりながら踊っているのです。

月の光を身にまとって踊る人影たちは、時にきらきらときらめき、時にゆらゆらと揺らめいて、言葉《ことば》にできないほどの美しさにあふれていました。

まるで、夢《ゆめ》の中にいるみたいだ。

アロンが目の前の光景《こうけい》にうっとりしていると、銀の鈴を振るような声が、再《ふたた》び響きました。

「下界《げかい》でのお花見はこれくらいにして、そろそろ天界《てんかい》へもどりますよ。今度は、天界でお花見の準備《じゅんび》をしなくては」

「天界でも、お花見をするんですか?」

アロンは、恐《おそ》るおそるたずねてみました。

「もちろんですとも」

銀の鈴の響《ひび》きがこたえます。

アロンのまわりには、いつの間にか、笑いさざめく淡い人影たちが、手に手に桜の花枝を持って集まっていました。

人影はみんな、陽炎《かげろう》のように揺らめきながら、はっきりとした姿《すがた》に見えるかと思えば、幻のようにぼんやりとして、とても現実《げんじつ》のこととは思えません。

ぼくは夢の中にいるのかしら？

首をかしげながらアロンが見あげると、銀の鈴のような声の人が手をさしのべて、

「アロンちゃん、いっしょに清晶宮《せいしょうきゅう》へ行きましょう」

抱《だ》きあげられたアロンの体は、ふわりと風にのって舞いあがります。

月光に照らされた桜公園の景色が、あっと言う間に遠ざかり、きらめく星々が目の前にせまってきたかと思うと、突然《とつぜん》、まばゆいばかりの光がすべてを包《つつ》んで、アロンは思わず目を閉《と》じました。


「着きましたよ」

その声に、アロンはそっと目をあけてみました。

明るい光に満《み》ちたそこは、見たこともない花々が咲《さ》き乱《みだ》れる庭園《ていえん》。やわらかな風が、花の香《かおり》を漂《ただよ》わせながら吹いていき、どこからともなく、鳥のさえずりが聞こえてきます。

ここは、どこだろう？

アロンの心のつぶやきにこたえるように、銀の鈴のような声が響きました。

「ここは、清晶宮の庭です。わたしは、月の女神さまにおつかえする精霊《せいれい》たちの長《おさ》で、晶香《しょうこう》と言います。今宵《こよい》は、下界の花見をなさりたいという女神さまのご希望《きぼう》で、地上の桜の花精《かせい》に花枝を分けてもらうために、下界へおりていたのですよ」

「さっき、みなさんが手に持っていた花枝ですね？」

うなずくアロンに、晶香が指さして言いました。

「ほら、あそこに」

見ると、とてつもなく大きな花びんが、でんと置かれているではありませんか。花びんの中には、あの桜公園のものと思われる花枝が活《い》けられています。

アロンの目は、驚きでお月さまのように丸くなりました。

月の精霊たちが下界で手にしていたのは、二輪《にりん》か三輪《さんりん》の花がついているだけの、細く小さな花枝ばかりでした。

それなのに、目の前にある花びんの中の花枝は、見あげるほどに高く四方に大きく広がっているのです。

頭上の空は、咲き誇《ほこ》る満開の桜で、薄桃色に染《そ》まっているようでした。

「不思議《ふしぎ》だけど、きれいだなぁ」

「ここは地上とはまったく違う世界ですから、思いもよらないことがおこるのですよ」

うっとりと見あげるアロンに、晶香が言いました。

「じつは、アロンちゃんにお願いがあるのです。こちらへ来てください」

晶香は、庭園の奥《おく》へとアロンを案内していきました。

名前も知らない花々が一面《いちめん》に咲いていて、あたりに漂《ただよ》う甘《あま》い香に、全身が包《つつ》みこまれるような気がします。

アロンは、大きく深呼吸《しんこきゅう》をしてみました。胸いっぱいに、甘い香が広がっていくようです。

「アロンちゃん、お願いと言うのは、あの木のことなのです」

それは、大きく枝を広げ、満開の濃《こ》い紅色《べにいろ》の花に包まれた、古い梅の木でした。

「あの梅の古木《こぼく》も、女神さまのご希望で、下界から持ってきた木なのです。下界の年数で言えば千年ほどの間、ああやって美しく咲き続けてくれているのです」

「千年もの間、ですか？」

「ええ。ですが、このところ少し元気がないようなのです。わけを聞いても、たいしたことではないからと、何も言ってくれません。下界から来たアロンちゃんになら、何か話してくれるかもしれません。聞いてみてもらえますか？」

「ぼくに、そんな大変《たいへん》な仕事《しごと》ができるでしょうか？」

「きっとできると思います。あそこに、梅の花精がいるのが見えますか？」

目をこらして見ると、梅の古木の根もとに、今にも消えてしまいそうなほど淡い人影が、うつむいてすわっているようなのです。

「紅麗《こうれい》」

晶香が、その人影に呼びかけました。

「晶香さま！」

はっとしたように、淡い人影が立ちあがりました。

「紅麗、紹介《しょうかい》しますね。下界から来てくれたアロンちゃんです」

「ぼく、アロンと言います。紅麗さんも、地上にいたことがあるそうですね？」

アロンの言葉に、紅梅の精がうっすらと微笑《ほほえ》みました。

「紅麗さんは、何か悲しいことがあるんですか？」

アロンがたずねました。

「どうして、そう思うのですか？」

「間違っていたら、ごめんなさい。さっき向こうから見えた姿が、半分透《す》きとおったみたいではっきりしなかったんですが、とても悲しそうな感じがしたんです」

「そうなのですか、紅麗？」

晶香が問いかけました。

「とても叶《かな》わない願いを、胸の中に持っているのです。叶うはずがないのに、その願いをすてることができなくて」

とても悲しそうな顔で、紅麗がこたえます。

「ぼくに、何かお手伝いできることはないでしょうか？」

紅麗が、アロンにやさしいまなざしを向けました。半透明《はんとうめい》のうっすらとした姿なのに、アロンにははっきりとわかりました。

「もう一度、地上で咲いてみたいのです」

紅麗が言いました。

「地上の空気を吸《す》って、地上の風に吹かれながら、もう一度舞い踊ってみたいのです。それができたら、そのまま枯《か》れてしまってもいい、と思うくらいに」

ふるえる声で紅麗が言うのを聞いて、アロンはとなりに立つ晶香を見あげました。

「紅麗さんの願いを叶えるのに、ぼくが役にたつんだったら、言ってください」

晶香は少し考えて、やさしく紅麗に言いました。

「紅麗、あなたが枯れてしまったら、女神さまはとても悲しまれるでしょう。わたしたち精霊もみんな、悲しくて何も仕事ができなくなるでしょうね。この清晶宮を、悲しみに満ちた場所にすることができません。紅麗、ひと晩だけ地上におりることを許《きょ》可《か》しましょう。満月の今宵、ひと晩だけ」

「ありがとうございます、晶香さま！」

うなずくと、紅色の細い花枝を一本手折《たお》って、晶香はアロンにさしだしました。

「アロンちゃん、地上におりたら、この花枝を地面に軽《かる》くつきさしてください。いいですね、紅麗？　今宵ひと晩だけ、楽しんでいらっしゃい。アロンちゃん、お願いしますよ」

「はい、まかせてください」

「では、目を閉じて、三つ数えたら目をあけてごらんなさい」


誰もいない夜ふけの桜公園。

静けさの中で、風に舞う桜の花びらが、月光に照らされて音もなく地上に散《ち》っています。